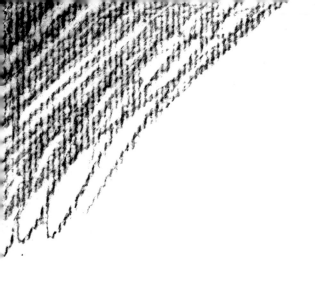

Editor de Océano Travesía: Daniel Goldin

Diseño: Francisco Ibarra Meza π

Nino, el rey de TODO el mundo

© 2010, Gusti

D.R. ©, 2010 Editorial Océano S.L.
    Milanesat 21-23. Edificio Océano. 08017 Barcelona, España. Tel. 93 280 20 20
    www.oceano.com

D.R. ©, 2010 Editorial Océano de México, S.A. de C.V.
    Blvd. Manuel Ávila Camacho 76, 10° piso. Col. Lomas de Chapultepec,
    Del. Miguel Hidalgo, Código Postal 11000, México, D.F. Tel. (55) 9178 5100
    www.oceano.com.mx

PRIMERA EDICIÓN

ISBN: 978-84-494-4084-7 (Océano España)
ISBN: 978-607-400-260-7 (Océano México)

HECHO EN MÉXICO / *MADE IN MEXICO*
IMPRESO EN ESPAÑA / *PRINTED IN SPAIN*

9002810010610

NIÑO

EL REY DE *todo* EL MUNDO

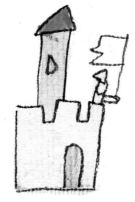

gusti

OCEANO travesía

Justo el día que comenzó su prodigioso reinado,
Nino, el más valiente rey del mundo entero,
recibió un montón de regalos.

Pero sólo tres marcaron su destino:
una corona dorada, una espada muy afilada
y un castillo inconquistable.

Al tenerlos en sus manos,
el intrépido Nino no dudó
ni un instante.

Hizo callar a todos y se proclamó rey.

El pueblo, impresionado, aclamó a su nuevo rey.
También a la princesa Ana. Pero el orgulloso Nino
no le prestó atención a nadie.
Tampoco a Ana.

Tenía que ocuparse de cosas muy importantes,
como conquistar los reinos vecinos.

La princesa Ana se ofreció a acompañarle,
pero Nino no quiso.

—Conquistar reinos es cosa de valientes guerreros
—le dijo, y se aprestó a formar su ejército.

Con todos sus tesoros mandó
comprar 100 caballos
de color blanco y uno negro.

Con 100 caballos blancos y uno negro en su poder,
contrató los más fieros caballeros de la comarca.

100 caballeros eran negros y uno blanco.

Todos iban armados hasta
los dientes.

—Regresaré victorioso —sentenció.

—No vuelvas muy tarde —le dijo Ana—, ni ensucies tu capa.

Pero la suave voz de la princesa se perdió entre
el galope atronador del gigantesco ejército.

Cabalgaron durante horas, cruzando abismos
y ríos turbulentos.

Algunos caminos eran tan peligrosos que
ni siquiera los caballos se atrevían a pasar.

Cuando el rey planeaba la próxima batalla, todo el ejército aguardaba. Luego reemprendían la fatigosa marcha.

Pronto divisaron las murallas
del sombrío Castillo Negro
defendido por el temible
rey sin barbas y sus
200 caballeros barbudos.

Al ver el poderoso ejército de Nino,
el temible rey sin barbas se puso
a temblar y se rindió sin tirar
una sola flecha. Lo mismo
hicieron sus 200 caballeros
barbudos.

Poco a poco fueron cayendo los otros reinos vecinos. Bastaba un solo grito del terrible Nino para que los ejércitos se rindieran sin decir ni pío.

Nino era invencible.

—Esto de conquistar reinos es más fácil de lo que pensaba —se dijo Nino.

—He puesto a temblar al cruel Rodolfo y sus 78 soldados rojos y he visto suplicar a Mauricio el sacamuelas y sus 400 guerreros dentones. También me pidieron clemencia Pedro el panzón con las horrendas brujas Iara y Zoe y sus ejércitos.

Por todos los rincones de la Tierra se esparció la noticia y antes del anochecer el valiente Nino, el más intrépido y temible soberano del que se tenga memoria, se había convertido en el rey de TODO el mundo.

Y cuando comenzaron a salir
las estrellas resultó que no había
ya ningún reino por conquistar.

Los reyes derrotados
se marcharon, tristes.

De pronto, él también se sintió muy triste y muy solo.
—¿Y ahora qué voy a hacer?
Eso de ser el rey de TODO el mundo es muy aburrido —se dijo.

Entonces se le ocurrió una gran idea:
—Devolveré todos los reinos que he conquistado.
Y Nino, el más valiente e intrépido rey
del que se tenga noticia, cumplió su palabra.

Uno tras otro, fue liberando
los reinos conquistados.

Devolvió sus ejércitos a sus cuarteles.

Al caer la noche, en el campo
de batalla sólo quedaron los
tres regalos que habían
marcado su destino.

Entonces a la princesa Ana se le ocurrió usar la corona para hacer el más grande, el más delicioso y más archiempalagoso pastel de todo el mundo.

Cuentan las leyendas que cuando el pastel estuvo listo, el rey Nino cedió su espada dorada a Ana para cortarlo. Por eso se encontró desarmado cuando comenzó la más divertida y alegre batalla que se recuerde en aquel memorable reino de Nino, el rey de TODO el mundo.